DON BOSCO

Ich wünsche Dir Zeit

für ein glückliches Leben

Die beliebtesten Gedichte von Elli Michler

DON BOSCO

Gerne nehmen wir Ihre Anregungen, Wünsche, Kritik oder Fragen entgegen:
Don Bosco Medien GmbH, Sieboldstraße 11, 81669 München
Servicetelefon (0 89) 4 80 08-341

Bibliografische Information der Deutschen Nationalbibliothek
Die Deutsche Nationalbibliothek verzeichnet diese Publikation in der Deutschen Nationalbibliografie; detaillierte bibliografische Daten sind im Internet über http://dnb.d-nb.de abrufbar.

verlags gruppe engagement

1. Auflage 2011 / ISBN 3-7698-1876-5

www.donbosco-medien.de
Umschlag und Layout: ReclameBüro, München
Fotos: Gregor Gugala, photocase (S. 16, 54, 63, 87, 100)
Satz: Don Bosco Kommunikation GmbH, München
Druck: Gorenjski tisk, Kranj/Slowenien

Gedruckt auf umweltfreundlichem Papier.

Inhalt

Danke für die Zeit zum Leben

Ich wünsche dir einen Rucksack voll Glück

Ein kleines Stück Weg

Gedichte

Gedichte fallen nicht
wie Blätter von den Bäumen.
Man kann sie sich nur wünschen,
sich erhoffen und erträumen.
Und wem sie mit des Herbstes
erstem rauen Wind
ganz plötzlich in den Schoß gefallen sind,
der darf sie aufzuschreiben nicht versäumen.

Elli Michler

Ich wünsche dir
Vertrauen

Im Vertrauen

Den wolkenverhangenen Himmel ertrage ich
im Vertrauen auf den Durchbruch der Sonne.

Schenkt doch der Schutz eines Gottes
des Lichts und der Liebe
Sicherheit mir, zu bestellen mein Feld,

dass ich mich kühn und voll Freude
wage ans Werk jeden Morgen
im Vertrauen auf all meine Kräfte.

Über die Zeiten hinweg
halt ich der Freundschaft die Treue
im Vertrauen auf das gegebene Wort.

Mutig auf Zukunft noch bauend,
singe ich Schlaflieder
leis meinem Kind.

Ich gebe die Hoffnung auf Frieden nicht auf
im Vertrauen auf Menschen,
die guten Willens sind.

Lachend lauf ich dem Wind
und den Wellen entgegen
im Vertraun auf den Pulsschlag des Lebens.

Ich stelle nicht ständig im Zweifel die Fragen
nach der Vergänglichkeit, nach dem Bestehen.

Ich pflanze Blumen auf Gräber
im Vertraun auf das Werden
nach dem Vergehen.

Zuspruch im Frühling

Wo die Vögel Nester bauen,
diese kleinen, schwachen Wesen,
kannst du lernen zu vertrauen,
kannst du hoffen zu genesen.
Liegt's an dir doch, Mut zu zeigen,
neu ins Leben einzusteigen.
Sieh nur, wie im Tulpenbeet
schon das Leben weitergeht!

Im Wechsel

Zwischen Sommer und Winter
hat der Schöpfer der Welt
zur Versöhnung den Monat September gestellt.
Der Sommer lässt die Feste rauschen:
Beim Singen, Tanzen, Küsse-Tauschen
kehrt er das Innerste nach außen.

Doch nur keine Bange
und weiter gesungen!
Dem Herbst ist noch immer
das Wunder gelungen:
Er lässt uns die Umkehr
zum Leisen beginnen
und führt uns auch wieder
die Wege nach innen.

Liebeserklärung an das Leben

Ich liebe den Morgen, den dämmernden Tag,
in den Bäumen das Summen und Rauschen.
Ich liebe die Kraft und den Hammerschlag,
ich liebe es, Amseln zu lauschen.

Ich liebe den Kampf mit dem schützenden Schild,
ich liebe das Tätig-sich-Regen.
Ich liebe des blühenden Gartens Bild,
ich liebe den Herbst voller Segen.

Ich liebe den Schreibtisch, die alte Vitrine,
ich liebe die Katze, ich liebe den Hund.
Ich liebe der Nachbarin freundliche Miene.
Ich liebe die Sonne, sie hält mich gesund.

Ich liebe die Hoffnung, sie leitet mich an,
dass täglich von neuem ich lieben kann.
Ich liebe die Erde, bin gerne ihr Kind,
ich liebe die Luft und den flüsternden Wind.

Ich lieb deine Augen, ich lieb deinen Mund.
Ich liebe in all meinem Streben:
Es bietet das Leben mir tausendmal Grund,
am Mantel der Liebe zu weben.

Kinderlachen

Ein Kind hat schon am frühen Morgen
sein helles Lachen mir geschenkt.
So weiß ich mich für diesen Tag geborgen,
er ist mit goldnem Licht durchtränkt.

Und mag auch manches an dem Tag nichts taugen,
es hat schon jetzt kaum noch Gewicht,
spricht doch aus offnen, frohen Kinderaugen
ganz unbeirrt die Zuversicht.

Heilsame Antwort

Meine Augen waren blind geworden
für die Schönheit der Wiesen und Felder,
meine Ohren sind taub geblieben
für das Flüstern des Windes
und das Singen der Wälder.
Da ging ich hinunter zum rauschenden Fluss.
Er wusste, wie er mich trösten muss:
„Es wird auch für dich
eine tragende Brücke geben
zwischen Vergänglichem
und dem ewig währenden Leben!"

Atemholen

Du stößt an Grenzen, fühlst die Strenge,
sobald sich deine Kraft verbraucht.
Und doch hat Gott auch deiner Enge
des Lebens Atem eingehaucht.

Du gibst ihn ab und nimmst ihn auf,
dass immer neu die Brust sich weitet.
Ein Wunderwerk nimmt seinen Lauf,
von dem dein Leben abgeleitet.

Macht dich der Tag auch atemlos,
lässt dich die Nacht nach Atem ringen,
geschieht das Atmen doch nicht bloß,
um Luft in dich hineinzuschlingen.

In jedes Menschen Atemzügen
versucht des Himmels Leichtigkeit
die Erdenschwere zu besiegen.
Das löst die Seele, macht sie weit.

Und wollen Hast und Schnelligkeit
dir auch die Kräfte lähmen,
so lass dir nur das bisschen Zeit
zum Atemholen niemals nehmen!

Ich wünsche dir Vertrauen,

du brauchst es, um vorwärts zu schauen,
um das Leben zu lieben mit Leidenschaft.
Im Vertrauen liegt das Geheimnis der Kraft.
Denn der, der dir sagt: „Die Welt ist schlecht“,
hat leider in vielem so manches Mal recht.
Wer es wagt und dir sagt, diese Welt sei gut,
der besitzt einen außergewöhnlichen Mut.
Und wer glaubt, diese Welt
wird einst besser werden,
der kennt sie nur nicht,
die Geschichte der Menschheit auf Erden.

Wer aber sagt: „Diese Welt ist die meine,
ich habe nur sie – oder keine,
es ist mir vergönnt, drin zu leben.
Ich will mitten hindurch –
und ich habe nicht vor, jemals aufzugeben!“,
der verjagt seine Ängste wie lästige Fliegen.
Er wird tätig sein, er wird fröhlich sein
und die schwarzen Gedanken besiegen.

Ich wünsche dir als Begleiter

die Sonne, die Wolken, den Wind,
die Hoffnung als Wegbereiter,
den Stern, wenn die Nacht beginnt.
Ein treuer Gefährte, wie er auch heißt,
als dankbar empfundenes Glück
stelle sich freundlich neben dir ein!
Wenn du nur weißt:
du brauchst niemals alleine zu sein,
legst du den Lebensweg
leichter zurück.
Und will es dir scheinen,
du habest ja keinen,
der dein Tun und dein Streben versteht,
dann gibt es in Wirklichkeit
lange schon einen
Schutzengel, der dir zur Seite steht.

Über die Bewältigung der Angst

Die Angst, die uns im Traum beschwert,
sucht tief aus uns emporzusteigen.
Bevor sie uns noch ganz verzehrt:
Was bringt die Angst in uns zum Schweigen?

Das Zweifeln an der Freundschaft starkem Band
und das Zur-eignen-Ohnmacht-sich-Bekennen
schwächt nur den Geist und lähmt die Hand.
Es wird uns von der Angst nicht trennen.

Im Wohlstand sich von Gott entfernen
und leben in den Tag hinein,
in Not dann plötzlich beten lernen,
das wird uns nicht von Angst befrein.

Viel eher würde es uns nützen,
am rechten Ort zur rechten Zeit
Verstand, den wir doch meinen zu besitzen,
und auch ein Herz voll Festigkeit

in unser Denken einzubringen,
damit es wohlgewappnet sei,
um zu begegnen auch den schlimmen Dingen.
So halten wir von Angst uns frei,
indem wir sie von innen her bezwingen –
und bleiben doch uns selber treu.

Ich wünsche dir gute Gebete

Sie brauchen im Buch nicht zu stehn.
Für all deine Ängste und Nöte
gibt es Verzeihn und Verstehn.
Aus Bitten allein und aus Klagen
sollte dein Beten jedoch nicht bestehn.
Schick auch in glücklichen Tagen
zum Himmel ein Dankeschön!

Hoffnung

Die wahre Trauer
lässt nicht nur Betrübnis walten,
sie soll nach Gottes weisem Willen
das Tor der Hoffnung offen halten
und eines Tags die Tränen stillen,
damit es endlich doch gelingt,
die Kräfte zu entfalten,
die neu den Tag mit Trost erfüllen,
in dem der Lebens-Atem schwingt.

Wenn keiner mehr an Wunder glaubt

Wenn keiner mehr an Wunder glaubt,
dann wird's auch keins mehr geben.
Denn wer der Hoffnung sich beraubt,
dem fehlt das Licht zum Leben.

Wenn keiner mehr darauf vertraut,
dass Wunder noch geschehen,
wie soll der Mensch in seiner Haut
sein Leiden überstehen?

Wenn keiner mehr an Wunder glaubt,
musst du's allein riskieren:
Im Baum des Lebens, grün belaubt,
sind täglich Wunder aufzuspüren.

Am offenen Fenster

Es gibt kaum eine lohnendere Übung,
als eine Weile an einem offenen Fenster zu stehen:
Irgendeinen Ausblick, irgendeine Möglichkeit,
etwas zu betrachten, zu vergleichen,
zu bemerken, zu erkennen,
zu empfinden, zu erhoffen,
irgendeine Aussicht auf Zukunft
gibt es doch immer.

Zeitliches und Ewiges

Ich wünsche dir Zeit

Ich wünsche dir nicht alle möglichen Gaben.
Ich wünsche dir nur, was die meisten nicht haben:
Ich wünsche dir Zeit, dich zu freun und zu lachen,
und wenn du sie nützt, kannst du etwas draus machen.

Ich wünsche dir Zeit für dein Tun und dein Denken,
nicht nur für dich selbst, sondern auch zum Verschenken.
Ich wünsche dir Zeit – nicht zum Hasten und Rennen,
sondern die Zeit zum Zufriedenseinkönnen.

Ich wünsche dir Zeit – nicht nur so zum Vertreiben.
Ich wünsche, sie möge dir übrig bleiben
als Zeit für das Staunen und Zeit für Vertraun,
anstatt nach der Zeit auf der Uhr nur zu schaun.

Ich wünsche dir Zeit, nach den Sternen zu greifen,
und Zeit, um zu wachsen, das heißt, um zu reifen.
Ich wünsche dir Zeit, neu zu hoffen, zu lieben.
Es hat keinen Sinn, diese Zeit zu verschieben.

Ich wünsche dir Zeit, zu dir selber zu finden,
jeden Tag, jede Stunde als Glück zu empfinden.
Ich wünsche dir Zeit, auch um Schuld zu vergeben.
Ich wünsche dir: Zeit zu haben zum Leben!

Ich wünsche dir ein Himmelsbild

mit Wolken, weiß und weich und friedlich mild,
und eins mit Wolken, grau und rau
und stürmisch wild.
Und beide Bilder wünsch ich dir
im Wechsel immer neu,
dann ist dein Leben wahr und ausgefüllt,
von jeder Langeweile frei.

Rückbezügliches Geschenk

Wir schenken uns eine Erinnerung.
Komm, lass uns nicht lange säumen.
Wir wandern durchs Land bis zur Dämmerung
und werden dann lange von diesem Tag träumen.

Ich wünsche dir, weil du Geburtstag hast,

dass dich die Lust und die Freude erfasst,
teilzuhaben am Wunder des Lebens
und zu wissen als dankbarer Erdengast:
Keine Stunde war jemals vergebens.

Ich wünsche dir, dass unterm Wolkenzug
dich die Schatten nicht allzu schwer drücken,
dass du frei bist und mutig genug,
getrost in die Zukunft zu blicken.

Ich wünsche dir, dass du stets neugierig bleibst
auf alle sich öffnenden Wege und Ziele
und dass du dich dennoch nicht völlig zerreibst
in des Lebens gefährlichem Spiele.

Ich wünsche dir zwischen dem Kämpfen und Streiten
auch jene stillen und ruhigen Zeiten,
in denen du spürst, dass das Leben sich lohnt,
dass du im Lieben die Sterne berührst
und dass Gott, den du suchst, in dir wohnt.

Zeitliches und Ewiges

Alles wandelt die Zeit.
Was am Gewesenen
wesentlich war,
entfernt sich nicht weit,
weil der Wind
nur das Leichte
und Flüchtige treibt.
Das Gewichtige widersteht ihm
und bleibt.

Warum?

Warum tragen die jungen Leute
die Kleider im alten Stil?
Warum fahren zur Hochzeit die Bräute
im uralten Automobil?

Warum lieben wir alte Bäume
mit Stämmen, die hoch sind und stark,
und schützen die Lebensräume
der knorrigen Eichen im Park?

Warum stehen wir staunend und leise
vor verwitterten Steinen im Dom?
Warum zieht es uns scharenweise
zu den Säulen im alten Rom?

Warum lieben wir altes Geschmeide
und finden es edel und schön
und verschmähen nur immer die Freude,
mit alten Menschen zu gehn ?

Die Zeit als Lehrmeisterin

Ein Vogel wollte singen
ein wunderschönes Lied.
Es mocht ihm nicht gelingen,
wie er sich auch bemüht.

Da sprach der Wind: „Sei leise,
hör auf mit dem Gepfeif:“
(der Wind war alt und weise),
„Das Lied ist noch nicht reif!
Du brauchst dich nicht zu sorgen,
was heut nicht geht, geht morgen!“

Der Vogel hats begriffen,
verschwand im dunklen Tann.
Erst als die Zeit das Lied geschliffen,
zog es den Wind in seinen Bann:

„Das Lied, das du gesungen
vom Werden und Vergehn,
nun ist es dir gelungen,
das Lied ist wunderschön!“

Die beiden Gesichter des Alters

Nichts ist erschütternder
als das vom Leben verbrauchte,
enttäuschte, zermürbte, vergrämte,
einstiger Reize beraubte
Gesicht eines vom Alter gezeichneten Menschen.

Gleichzeitig aber gibt es
kaum etwas Schöneres, Tröstlicheres
als die leuchtenden Augen,
das tapfere Lächeln,
die geheimnisvolle Anmut
trotz aller Runzeln und Falten
in einem Gesicht voller Würde des Alters,
das heißt voller Güte, Weisheit,
Selbstsicherheit und Stärke,
voller Liebreiz und Charme.

Sag es noch heute

Morgen ist es vielleicht
noch der gleiche Gedanke,
aber schon nicht mehr
dasselbe Wort,
nicht mehr derselbe
Klang deiner Stimme,
nicht mehr die Zeit,
nicht mehr der Ort.
Und weißt du, ob der,
den es angeht, nicht schon
ein anderer ist?
Und du selbst?
Weißt du, ob du noch sein wirst?
Das, was zu sagen ist,
sag es noch heute!

Novemberstimmung

Was weiß der Herbst
am Ende noch
als letzten Trost
uns wohl zu sagen?
Statt Antwort
sind es tausend Fragen,
die ungelöst er hinterlässt.
Er zeigt uns nur den Erntewagen,
nicht das verlassne Vogelnest.
Wir wissen's doch:
Die Scheune ist gefüllt.
Doch immer noch, doch immer noch
die Sommersehnsucht nicht gestillt.

Was ist ein Jahr?

Es ist vergleichbar einem kurzen Ton,
dem es vergönnt war mitzuschwingen
im großen Weltgeläute.
Dem Tropfen Wasser gleicht es, hell und klar,
geschöpft aus einem Meer von Freude.

Ein Krümchen Sorge ist es
und ein Körnchen Leid,
gewohntes Futter für den Vogel Zeit,
das er sich pickt aus deiner Hand,
bevor er seine Flügel spannt
und dir entfliegt, wer weiß wie weit!

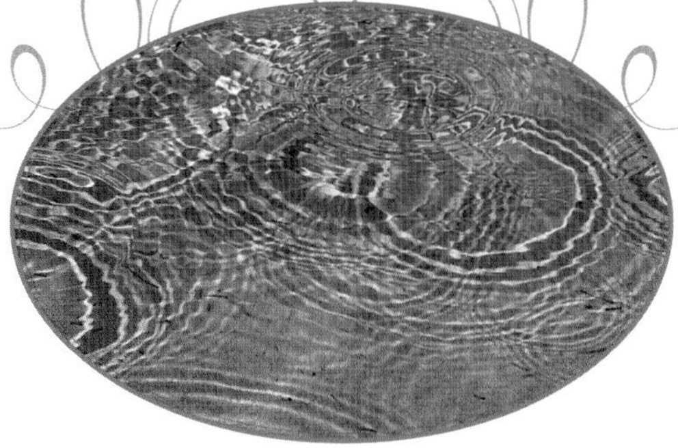

Ich wünsche dir Geborgenheit

Guter Rat

Liebe mich nicht
wie die Biene den Honigseim!
Ich müsste dich ewig betrügen.
Ich will, anstatt eingesogen zu sein,
lieber frei mit dir fliegen.

Liebe mich nicht
wie die Katze die Maus!
Das hieße, mit mir nur zu spielen.
Es wär für die Liebe das sichere Aus.
So springt man nicht um mit Gefühlen.

Liebe mich nicht
wie das Holz seinen Leim,
denn Liebe nimmt Schaden durch Zwänge.
Viel lieber wollte ich einsam sein
als in gemeinsamer Enge.

Trost im Herbst

Such nicht zu lange
nach des Sommers bunten Spuren,
der Herbstwind hat sie längst verwischt.
Die weiten Lande, die wir einst durchfuhren,
sind stumm und einsam,
wenn das Licht erlischt.
Gib dich zufrieden,
hast ja Haus noch, Bett und Herd,
wer weiß, wie lange noch
hienieden dir solches Glück beschert.

Glaubensbekenntnis

Ich glaube, dass Liebe Unmögliches schafft.
Ich glaube an ihre unendliche Kraft.
Ich glaube, solange die Erde besteht,
dass niemals ein Tag ohne Liebe vergeht.
Ich glaube, dass selbst noch die unheile Welt
bisweilen aus Liebe den Atem anhält.
Ich glaube, dass Liebe uns retten könnte,
wenn Einsamkeit droht und Gefahr.
Ich glaube, dass jeder nach Liebe sich sehnte,
spräche er ehrlich und wahr.
Ich glaube, dass Liebe ganz leise und sacht
schon mancherlei Wunder hat heimlich vollbracht.
Ich glaube, dass Liebe die Wege findet,
welche wir suchen in Not.
Ich glaube, dass Liebe die Wunden verbindet
und uns ernährt – mehr als Brot.

Ich glaube, dass Liebe noch glaubwürdig ist,
selbst wenn du lächelst und zweiflerisch bist.
Ich glaube, dass Gott alle Sünden vergibt,
wenn er nur weiß, du hast wirklich geliebt.

Der Anfang einer Liebe

gleicht der Geburt eines Wunders.
Es ist das bis dahin unvorstellbare,
von höchsten Hoffnungen erfüllte,
uns aus den Angeln reißende,
herrliche und nie wiederholbare,
Herz und Verstand überflutende,
uns stürmisch bedrängende
und dennoch uns leise
und zärtlich berührende
Geschehnis in unserem Innern.

Sinnlose Freuden

Was nützt mich das Geld, um zu reisen,
wenn *du* mein Gefährte nicht bist,
was nützt mich in Freundeskreisen
ein Lob, das das *deine* nicht ist?

Was nützt mich die schönste Sonate,
die abends alleine ich hör,
was nützt mich ein Huhn, das ich brate,
wenn ich es mit *dir* nicht verzehr?

Was nützt mich das beste Theater,
wenn *du* nicht mit mir drüber lachst,
was nützt mich ein Gang durch den Prater,
wenn *du* nicht den Anführer machst?

Was nützt's, wenn ich Schönes erlebe und
und es zieht nicht auch *dich* in den Bann,
wenn ich abends mein Glas still erhebe
und ich nicht mit *dir* anstoßen kann?

Erste Liebe

Ein Kinderspiel
trieben wir einstmals am Fluss,
das wollte mir nicht gelingen.
Du zeigtest mir, wie man die Steine werfen muss,
damit sie im Wasser springen.

Bei dir klappte das immer ganz toll
mit den glatten und unversehrten.
Und zwischendurch träumten wir ahnungsvoll
unseren Traum vom Erwachsenwerden.

Doch den du mir schenktest,
den Kieselstein,
ich nannte ihn forsch viel zu krumm –
und steckte ihn dennoch ganz heimlich ein
und drehte ihn scheu in den Fingern herum.

Vergebung

Wir wollten uns nicht wehe tun –
und haben's doch getan.
Kein Mensch ist gegen Schuld immun.
Sie wirft uns schnell aus unsrer Bahn.

Das Wort „Vergebung" fällt uns schwer
für unsre Fehler, unsre Schwächen.
Und dennoch heilt es hinterher,
was wir oft leichten Sinns zerbrechen.

Vergebung reicht – der Liebe gleich –
den Leidenden die Hand,
erlöst von Schuld und schreibt zugleich
die Fehler in den Sand.

Und alles, was mit ihm verfliegt
– sogar geheim gebliebne Tränen –,
beweist, dass Liebe selbst dort siegt,
wo wir uns schuldig wähnen.

Wichtige Investition

Wir glauben, das Glück
schon in den Scheunen zu haben,
wenn wir auf Nährboden stoßen
unter den brachgelegenen Feldern unserer Gefühle.
Doch bis zum Fruchtbarwerden
gilt es, zu pflügen
und Unkraut zu jäten
und Samen zu legen –
immer wieder aufs Neue.
Was uns dann keimt, blüht
und Ernte einbringt:
alles erschuf nur die Liebe.

Wir zwei

Den Arm um deine Schultern legen
und deine Schritte hören
neben mir.
Nichts Äußeres ist mehr zugegen.
Nur du und ich,
gelöst im Wir.

Wir sind uns Baum und Blume,
wir sind uns Meilenstein,
wir sind uns Erdenkrume,
wir sind uns Brot und Wein.

Wir sind in uns geborgen,
hüllt uns der Abend ein,
und wissen jeden Morgen:
das Glück wird unser sein!

Ohne dich

Es ist nicht mehr dieselbe Stadt,
wenn ich durch ihre Straßen gehe
ohne dich.
Es ist nicht mehr derselbe Mond,
wenn ich hinauf zum Himmel sehe
ohne dich,
nicht mehr derselbe Klang,
wenn ich die Amsel singen höre,
als ob sie längst dein Fortsein ahne
und sie in Sorge sei um mich.
Nur wenn ich deine Gegenwart
in meinem wilden Schmerz beschwöre
durch dieses eine Wort „Ich liebe dich“,
dann ist es noch derselbe Name.

Geschenk für Verliebte

Ich schenk dir einen Kosenamen,
der nirgends im Kalender steht.
Er fällt ein bisschen aus dem Rahmen.
Wer liebt, der weiß, wie er entsteht.

Noch gleicht er keinem Namensvetter,
ist auch nicht Schall und Rauch,
hält stand bei jedem Ehewetter,
gefällt mir – und dir sicher auch.

Den Namen darfst du nicht verraten,
passt er doch nur auf dich.
Du brauchst auch nicht erst einen Paten,
du weißt, du hast doch mich.

Ich wünsche dir Geborgenheit

Ich wünsche dir Geborgenheit,
ein richtiges Zuhause
in einem Kreis voll Fröhlichkeit
oder in stiller Klause.

Ich wünsche dir Geborgenheit,
ein heimliches Asyl,
wohin du, wenn du mit der Welt entzweit,
dich flüchten kannst, ein innres Ziel.

Ich wünsche dir Geborgenheit,
wo man dich schlafen lässt
und wunschlos glücklich sein
in einem warmen Nest.

Geborgenheit, die findest du
in Büchern, in Musik,
im Frieden, im geliebten Du,
doch nirgendwo im Krieg.

Ich wünsche dir, was man nicht kaufen kann

Ich wünsche dir, was man nicht kaufen kann:
gute Laune vom frühesten Morgen an,
Verliebt-Sein und trotzdem nicht blind,
und wenn du heut segeln willst, richtigen Wind!

Ich wünsche dir, was man nicht kaufen kann:
eine gütige Frau, einen tüchtigen Mann
und ein munter gedeihendes Kind,
und wenn du sie brauchst, dass die Freunde auch dann
deine wirklichen Freunde sind!

Ich wünsche dir Sterne, die nur für dich kreisen,
eine kräftige Stimme, den Herrgott zu preisen.
Ich wünsche dir Licht, wenn es dunkelt um dich,
und dass du mich lieb behältst so wie ich dich!

Ich wünsche dir, dass dir das Essen schmeckt,
dass in jedem Tag auch eine Freude steckt.
Ich wünsche dir, dass du gut schlafen kannst
und dass du die Angst aus der Seele verbannst.

Ich wünsche dir Arbeit, die dich niemals verdrießt,
und dass dir Fortuna ihr Füllhorn ausgießt.
Ich wünsche dir Hände, das Glück festzuhalten,
doch musst du's erkennen und selber gestalten.

Ich wünsche dir Augen, die Sonne zu sehn,
und Ohren, des Windvogels Ruf zu verstehn.
Ich wünsche dir Füße, die flink sind, zum Laufen.
Ich wüsst noch so vieles ...
Man kann es nicht kaufen.

Zum Geburtstag

Geburtstag kommt jedes Jahr wieder.
Garantie dafür gibt's jedoch nicht.
Drum schreib ich's auch dieses Mal nieder,
dass der Wind nicht die Worte zerbricht:

Was ich auch dichte und schreibe,
es ist immer dasselbe Lied:
Ich war und ich bin und ich bleibe
bei dir, was auch immer geschieht!

Die Wünsche sind immer die gleichen –
sie langweilen dich hoffentlich nicht – ,
doch stets unter anderem Zeichen,
jedes Jahr trägt sein eignes Gesicht.

Wie das Meer kennt das Leben Gezeiten,
den Wechsel von Ebbe und Flut.
Darf der eine den andern begleiten,
dann geht es uns immer noch gut!

Was macht schon die Summe der Jahre?
Bleib nur weiter so, wie du schon bist:
immer munter und froh und erfahre,
dass das Leben noch lebenswert ist!

Danke für die Zeit zum Leben

In Gegenwart von Blumen

Macht nur die Blumen zu euren Freunden!
Lernt ihre Sprache,
versucht, ihr Wesen zu begreifen,
und umgebt euch mit ihnen,
sooft ihr nur könnt!
In ihrer Gegenwart
werdet ihr es nicht wagen,
Gott zu lästern,
Freundschaften zu kündigen,
Kriege zu führen,
die Menschen zu verachten,
die Liebe zu leugnen.

Außergewöhnliches Geschenk

Nächste Woche am Donnerstag,
da schenk ich dir was, das dich freut.
Ich schenke dir meinen freien Tag.
Da hab ich von morgens bis abends Zeit.
Nimm mich, solange du willst, in Beschlag,
nütz die Gelegenheit!
Wir könnten zusammen vielleicht nach Den Haag
oder sonstwohin fahren – ganz weit.
Die Tagesbilanz und der Zinsertrag,
die kümmern mich dann keinen Deut.
Zweihundert Gulden auf einen Schlag
oder ein neues Kleid
sind nicht so viel wert wie mein Donnerstag.
Bei aller Bescheidenheit.

Gänseblümchen

Sie lieben die Sonne, die Wärme, die Ruh
und die Kinder, die fröhlich zu ihnen sich bücken.
Sie schließen am Abend die Augen zu,
um am Morgen von neuem und voller Entzücken
dem Himmel ins blaue Antlitz zu blicken.
Hinter Größerem stehn sie bescheiden zurück,
zufrieden mit ihrem ganz kleinen Glück.
Und dem, der sie einst über die Wiesen gestreut,
haben sie dankbar und freudig ihr Leben geweiht.
Sie bleiben im Blühen der Erde ganz nah,
damit sie auch spürt, dass ein Wunder geschah
und dass wieder ein Tag wird zur Schöpfungszeit.

Herbstliches Blatt

Es fällt ein Strahl vom Gold der Sonne
auf meinen altgewohnten Weg im Park.
Er hinterlässt ein Stückchen Sommerwonne
und macht selbst Hoffnungslose wieder stark.

Ich bück mich langsam, ungeschickt
und heb ein Blatt vom Boden auf.
Ich blick es an, es ist geknickt.
Ich richt es zärtlich wieder auf.
Und sag ihm, dass des Herbstes Kühle
ihm nun nicht länger schaden kann.
Auch, dass ich herzlich mit ihm fühle.
Ich nehm es mit als Talisman.

Die Welt ist voll Geborgensein

Es gibt kein Ding auf dieser Welt,
das nicht ein Teil von einem andern wäre.
So wunderbar ist es bestellt,
dass jedes Korn fest eingefügt ist
in den Schutz der Ähre.

Und jedes Blatt grünt nur als Teil
vom weitverzweigten Baum.
Von ihm gelöst, welkt es dahin.
Gilt ein Gesetz im Erdenraum:
Nur aus Ergänzung bildet sich der Sinn.

Des Vogels Freiheit,
eingeordnet in die Gattung Tier:
Ein Kleineres gehört zum größeren Verband.
Und voll Verlangen ausgestreckt ist meine Hand
ein Teil von unsrer Sehnsucht nach dem Wir.

Der Frühlingswind weht
als gezähmter Teil vom Sturm.
Und jeder Schmerz
ist nur ein wenig von dem großen Leide.

Ein Teil vom Schöpfungswunder
ist der kleinste Wurm –
und jedes Lächeln,
ausgeteilt vom vollen Maß der Freude.

Schäumt doch die Welle nur als Teil
vom wildbewegten Meer,
gespeist von seiner tiefen, dunklen Leidenschaft,
und tobt der Sturm im Land umher,
wirkt er als Abgesandter einer stärkeren Macht.

Fülle des Lebens

Ich habe den Nussbaum gesehen,
wie er groß und mächtig nach seiner Bestimmung
die schwellenden Früchte trägt,

ich habe den Sperling gesehen,
wie er sich fröhlich hüpfend
über die Straße bewegt,

ich habe die Kinder gesehen,
die ihre Spiele mit Hingebung trieben
und ihre lustigen Streiche machten,

ich habe die alten Leute gesehen,
die das Leben kannten
und dennoch sich überwanden
und über mancherlei lachten,

ich habe die Dörfer, die Städte,
die Flüsse gesehen,
und alles, was ich erlebte,
war wie ein großes Mirakel.

Und wenn ihr mich fragt:
Alles war schön!
Und ich selbst mittendrin
in dem Weltenspektakel,
das in die Tiefen mich zog
und hinauf in die Höhn.

Erntedank

Zeit der Nüsse und der Trauben,
Hagebutten-Rot am Strauch.
Aus den Schrebergartenlauben
riecht's nach Bohnen und nach Lauch.

Zeit des frohen Erntetanzes,
Bänderschmuck an Wagenrädern,
Zeit des silbergrauen Glanzes
überm Flaum der Distelfedern.

Zeit des Korns, der goldnen Garben,
Düfte füllen Luft und Raum.
Zeit der Sinne und der Farben
rings um unsern Zwetschgenbaum.

Zeit des Dankens in Gebeten
demutsvoll im Gotteshaus.
Und auf abgeräumten Beeten
sieht's nach Glück und Frieden aus.

Erinnerst du dich?

Es leuchten still die alten Dinge,
die uns die Zeit einst zugetragen
geheimnisvoll auf ihrer Schwinge,
von uns empfangen als des Schicksals Gaben,
dass unsres Lebens Werk gelinge.

Vergangen ist davon das allermeiste.
Und dennoch lebt etwas in jedem Jahresringe
von dem, was unverlierbar in uns kreiste,
dass es Vergänglichkeit bezwinge,
und was zurückgerufen werden darf im Geiste.

Danke für die Zeit zum Leben

Lieber Gott, du musst verzeihn
und dein Ohr mir gnädig leihn!
Mein Bedürfnis, dir zu danken –
ich gesteh's – kennt keine Schranken:

Danke für den heutgen Tag!
Wie er auch gelingen mag,
ist's ein Tag aus deinen Händen,
und ich will ihn gut beenden.

Danke für den Stundenschlag,
der den Tag trennt von der Nacht,
wenn ich alle Müh und Plag
redlich hinter mich gebracht.

Danke für die Jahreszeit!
Ob es regnet oder schneit,
oder ob die Sonne lacht,
alles schenkt Geborgenheit,
was von dir so wohlbedacht.

Danke für das Flügelheben,
das mich in den Traum entschweben
lässt oft himmelweit,
danke für die Zärtlichkeit,
danke für die Zeit zum Leben!

Ich wünsche dir einen Rucksack voll Glück

Baum meines Lebens

Der Baum zählt seine Jahre nicht,
er wechselt nur die Blätter.
Bläst auch der Wind ihm ins Gesicht,
er ruft nicht nach dem Retter,
behält nur seinen festen Stand,
selbst unterm Schnee und Regen.
Und wenn der Sturm fegt übers Land,
stemmt er sich fest dagegen.

Baum meines Lebens,
du darfst es in den Himmel schreiben:
Es war noch nie vergebens,
sich selber treu zu bleiben.

Liebe ist keine Legende

Liebe ist Zwiegespräch oder Schweigen
beim Nebeneinandergehn.
Liebe ist Gipfel-Ersteigen
und Stürme-gemeinsam-Bestehn.

Liebe ist Mauern-Durchdringen,
Durchmessen von Tiefen und Höhn.
Liebe ist sanftes Bezwingen,
ist Helfen, Verzeihen, Verstehn.

Liebe ist keine Legende,
wenn es auch manchmal so scheint.
Liebe ist Anfang und Ende.
Jeder von uns ist gemeint.

Ich wünsche dir Mut

Ich wünsche dir Mut.
Vielleicht wirst du sagen:
Gesundheit ist ein viel höheres Gut.
Ich aber wünsche dir Mut, zu ertragen
auch das, was dir wehe tut.

Ich wünsche dir Mut,
dich vom Stuhl zu erheben,
nur ein Stückchen, nicht viel.
Du wirst sehn: Nimmst du Anteil am Leben,
bist du wieder im Spiel.

Ich wünsche dir Mut
zum Beginn einer Reise
in die Welt oder auch in dich selber hinein,
damit du auf deine Weise
dich einmal ganz groß fühlst statt klein.

Ich wünsche dir Mut,
so zu sein, wie du bist und dich magst,
und immer nur so zu denken,
wie du es sagst,
Mut, um dein Glück selbst zu lenken.

Ich wünsche dir Mut
für den Tag, für die Stunde,
für all dein Beginnen.
Ich wünsche dir Mut für jede Sekunde,
in der du dich mühst, ihn neu zu gewinnen.

Ermunterung

Wenn sich in der Zeit der Besinnung
der Teppich deines Lebens
vor dir ausbreitet,
jammere nicht über die Webfehler,
freue dich über die Vielfalt des Musters,
bringe die alten Farben
wieder zum Leuchten
und sieh zu, noch möglichst viele
Knoten zu knüpfen!

Ich wünsche dir Gelassenheit

Ich wünsche dir Gelassenheit,
die Gabe, nach der du dich sehntest.
Sie kam dir abhanden im Laufe der Zeit,
in der du gefangen dich wähntest.

Ich wünsche dir Gelassenheit
im täglichen Streit der Gefühle
als Stütze und Halt deiner Standfestigkeit.
Damit kommst du am besten zum Ziele.

Ich wünsche dir Gelassenheit,
zu sehn, wie die Wolken ziehen,
damit deine Ängste, im Tempo der Zeit
nicht Schritt zu halten, entfliehen.

Ich wünsche dir Gelassenheit.
Ist sie dein, kann dir nichts mehr geschehen.
Was kommen will, findet dich lächelnd bereit,
hoch über den Dingen zu stehen.

Ich wünsche dir einen Rucksack voll Glück

Denk aber nicht, er sei leicht zu tragen.
Es schiebt sich sein Inhalt mal vor,
mal zurück,
und der Riemen drückt dich am Kragen.
Vielleicht denkst du auch:
Glück sei das nimmermehr,
denn was ich dir wünsche,
sei doch gar nicht so schwer.
Doch es liegt nicht am Rucksack,
es liegt ganz allein
an der schwierigen Kunst,
froh und glücklich zu sein.

Herbstlicher Genuss

Zwetschgenkuchen, süß und saftig,
ist doch wirklich und wahrhaftig
jedes wahren Herbstes Zier.
Selbst die Oma, längst schon achtzig,
sie begeistert sich dafür.
Im September, stets ganz frisch,
kommt der Kuchen auf den Tisch.
Und die Schokoladen-Torte
wie noch andre ihrer Sorte
bleiben dann im Kühlschrank stehn.
O, wie sind die Zwetschgen schön,
munden lecker jedem Gaumen.
Sieger sind im Herbst die Pflaumen.

Ich wünsche dir Kraft

Wenn all meine Wünsche vergeblich sind,
dann bleibt nur noch einer zu sagen:
Ich weiß, du stehst mitten im Lebenswind –
ich wünsche dir Kraft zum Ertragen.

Ich wünsche dir Kraft aus der eigenen Mitte,
um Halt zu verleihen dem unsichren Schritte.
Und wo es dir schwer fällt, dich zu entscheiden,
mögen dich all deine Kräfte begleiten.

Ich wünsche dir Kraft, um dich selbst zu entfalten,
deine Stärke den Ängsten entgegenzuhalten.
Ich wünsch, dass die Hoffnung nie fort von dir geht,
nur weil keine Kraft mehr dahinter steht.

Ich wünsche dir Kraft, die in den Stand dich versetzt,
wieder heilen zu lassen, was dich verletzt.
Ich wünsche dir Kraft, die dir Sicherheit gibt
aus dem niemals versiegenden Strom jener Kraft
eines Menschen, der liebt.

Ich wünsche dir ein Spiegelbild,

das dir munter und fröhlich entgegenlacht,
frisch gewaschen, gekämmt
und nichts Böses im Schild,
gut gelaunt schon des Morgens um acht.
Es lächelt dir zu aus dem Augenwinkel,
ehrlich und offen und ganz ohne Dünkel.
Gelingt es dir, hiermit zufrieden zu sein,
dann wird dich dein Spiegelbild täglich erfreun.

Wenn du an dem, was dir eigen und wesentlich ist,
etwas Schöneres, Besseres gar nicht vermisst,
wenn du nicht stets kritisierst
und nach oben vergleichst,
wenn's dir genug ist, was du erreichst,
dann stell dich dem Spiegel ganz frei gegenüber,
im Herzen voll Dank und voll Freude darüber,
dass er dir zeigt ein erbauliches Bild,
damit sich mein Wunsch für dich baldigst erfüllt.

Ich wünsche dir Verbundenheit

Ich wünsche dir Verbundenheit
mit Blume, Vogel, Baum.
Ich wünsche dir Verbundenheit
von Wirklichkeit und Traum.

Ich wünsche dir Verbundenheit
von Augenblick und Ewigkeit.
Dann ist die Gegenwart für dich die Zeit,
in die du selbst hineingeboren,
und doch geht die Vergangenheit
durch dich nicht ganz verloren.

Ich wünsche dir Verbundenheit
mit Gott und mit der Welt,
dann bleibst du nicht in Einsamkeit
auf dich allein gestellt.

Ich wünsche dir Verbundenheit
mit einer Menschenseele,
damit sich Glück mit Seligkeit
verbinde und vermähle!

Ein kleines Stück Weg

Ich wünsche dir, dass du so bleibst, wie du bist,

damit der, der dich kennt und dich liebt,
nicht vergisst, dass es noch Verlässliches gibt,
wenn die Welt wie das Wetter veränderlich ist.
Dabei wünsch ich dir nicht,
dass du stehen bleibst,
sondern dass du auch Weiterentwicklung
mit all deinen Kräften betreibst.
Stimmt nur im Ganzen dein Werden und Sein
mit deinem Lebens-Entwurf überein,
mag doch mein Wunsch in Erfüllung gehn,
selbst wenn Verwandlung mit dir wird geschehn.

Bahnhofsgewinke

Ich schenk dir noch mein Winke-Winke.
Du schenkst mir deins.
Dann ist's vorbei.
Dein Lachen ist genauso Schminke
wie meins.
Vorsicht am Zug auf Bahnsteig 3!
Ob viele Worte oder keins,
das ist jetzt einerlei.
Heut Abend bin ich schon in Mainz.
Und wenn ich schlafe, esse, trinke,
dann fehlst du mir dabei.
Du winkst. Ich winke, winke ...
Bis bald!
Doch bald ist erst im Mai.

Tanz mit dem Herbst

Der Herbst war mir schon Spielgefährte,
als ich noch Kind gewesen bin.
Kastanien purzelten zur Erde,
ich nahm sie fröhlich lachend hin.

Doch später, als die Jahre gingen,
da lehrte er mich traurig sein
und Abschiedslieder singen.
Im Herbst ist man doch manchmal recht allein.
So tanzt der Herbst im Wechselschritt
seit dem Beginn der Zeit.
Und wenn du klug bist,
tanzt du mit.
Der Winter ist noch weit.

Punkt

Aus meiner Feder,
tief in die Tinte getunkt,
schenke ich dir einen Punkt.
Ich hoffe, du schätzt diesen Kringeling,
nur weil er klein ist, nicht zu gering.
Ich wollte dich
auf keinen Fall
damit verletzen.
Ich dachte mir,
du könntest ihn
ja hinter etwas setzen,
vielleicht auch ein Kapitel schließen,
in dem schon viel zu viele Tränen fließen.

Seelenlage

Mir ist mit einemmal so leicht ums Herz –
und auch der Kopf
will nichts mehr wissen von dem Hute.
Das Auge blinzelt sonnenwärts,
mir ist nach Ringelnatz zumute.
Ich nehme meine Seele an die Leine;
sie wittert, dass es draußen Frühling sei.
Ich lauf mit ihr zum Wiesenraine,
dort lass ich sie dann endlich frei.
Sie singt und springt, macht Purzelbäume.
Vor lauter Frühlingsseligkeit
umarmt sie die Magnolienbäume:
ein Tanz voll Lust und Leichtigkeit!
Sie weiß nichts mehr von Wintertrauer
und badet sich in frischer Luft.
Sie sieht die Veilchen an der Mauer
und atmet wundersüßen Duft.

Gleichnis

Es hängt verwaist am Gartenzaun
ein fremder Handschuh, ledern, braun,
seit ein paar Tagen wahrnehmbar
als Einzelner, der er nie war.
Die Trauer, die mich sanft bedrängt:
Alleinsein ist die Herbstgefahr,
als Schicksal über uns verhängt.
Auch du und ich – so weit versprengt!
Es war einmal ein schönes Paar ...

Erinnerung an die Kindheit

Hast du im Herbst in jungen Jahren
nicht auch mal dieses Glück erfahren:
Du strolchtest fröhlich zwischen Wind und Wettern
durch einen aufgetürmten Berg von Blättern,
dass alles, was einst oben hing,
sich jetzt in deinem Schuh verfing:
im Rascheln, Rauschen, Rieseln, Knistern
und einem herbstlich mysteriösen Flüstern
erst nochmals hoch und dann zu Boden ging?
Du schwingst das Bein und hebst den Fuß:
Den Kinderjahren frohen Gruß!

Abschied vom Meer

Ein letztes Mal unter der sinkenden Sonne
alleine und barfuß im körnigen Sand,
noch *ein*mal erfahren der Freiheit Wonne
und sie mit niemandem teilen müssen
als mit den Möwen am Strand.
Von Himmel und Erde
nicht Anfang und Ende wissen.
Und vor dem Vermissen
noch *ein*mal die wechselnden Farben
des Meeres einsaugen,
die leuchtenden Tage
noch deutlich vor Augen.
Noch *ein*mal die kühle,
erfrischende Luft um sich spüren –
und der Seele zur Warnung
das Wörtchen „adieu" buchstabieren.

Novembergedanken

Es löst ein Blatt sich still vom Strauch
und senkt sich leis zur Erden.
Dies wünsche ich mir manchmal auch:
ganz sanft verweht zu werden.

Kein Sturm, der tost,
kein Kampf und kein Verderben.
Der Wind liebkost
das Fell, statt es zu gerben.

Ich sterb ja nicht zum ersten Mal,
bin tausend Tode schon gestorben
und auferstanden jedes Mal.
Der Tod hat mich stets sanft umworben.

Kam mir entgegen Schritt um Schritt.
Sprach oft mit mir von unsrer großen Reise
und nahm sich vieles dabei mit,
was ich ihm gab schon – vorschussweise.

Was stirbt denn wirklich noch von mir?
Wo liegt die Grenze zwischen hier und dort?
Hab ich zum Bleiben noch Begier?
Bin ich nicht eigentlich schon fort?

So nehm ich selbst mich ins Visier
und fühle doch des Lebens Trieb.
Noch ist es Zeit. Noch bin ich hier
und habe dieses Leben lieb.

Heimweg

Ich danke dir, Herr,
mein Leben war reich
und mein Leben war lang.
Und ich weiß, dass nun irgendwann
auch ein Ende sein muss.
Mein treuer Gefährte, der Tatendrang,
hat mich längst schon verlassen.
So als wüsst er, er tut es nun nicht mehr lang,
schleppt sich mein Fuß still im Abendschein
heim durch die Gassen.
Ich danke dir, Herr,
für dein Beimirsein.
So geh ich nun frei und gelassen.